ALBERT GIRAUD

PIERROT LUNAIRE

RONDELS BERGAMASQUES

PARIS
ALPHONSE LEMERRE, ÉDITEUR
27-31, PASSAGE CHOISEUL, 27-31

M D CCC LXXXIV

PIERROT LUNAIRE

ALBERT GIRAUD

PIERROT LUNAIRE

RONDELS BERGAMASQUES

PARIS
ALPHONSE LEMERRE, ÉDITEUR
27-31, PASSAGE CHOISEUL, 27-31

M D CCC LXXXIV

A IWAN GILKIN

Je te dédie mes rondels — poète que tu es! Tu as assisté à leur éclosion, et plus d'un devrait être signé de ton nom, puisque tu les as « parlés » en nos heures exquises de dilettantisme, alors que les cheveux ne se coupaient pas en quatre — ce qui est élémentaire — mais en mille, et nous semblaient encore aussi gros que des câbles. Tels quels, les voici, ces poèmes de Lune. Je n'y ai point, comme disent les auteurs modestes, « analysé mon siècle », ni moralisé à la protestante, me contentant d'affirmer, au milieu de la plaie moderne des photographes littéraires, un droit que tous les deux nous revendiquons avec insolence — le droit du poète à la Fantaisie lyrique.

ALBERT GIRAUD.

Pierrot Lunaire

Pierrot Lunaire

Théâtre

Je rêve un théâtre de chambre,
Dont Breughel peindrait les volets,
Shakspear, les féeriques palais,
Et Watteau, les fonds couleur d'ambre.

Par les frileux soirs de décembre,
En chauffant mes doigts violets,
Je rêve un théâtre de chambre,
Dont Breughel peindrait les volets.

Émoustillés par le gingembre,
On y verrait les Crispins laids
Ouater leurs décharnés mollets
Pour Colombine qui se cambre.
Je rêve un théâtre de chambre.

Décor

Les grands oiseaux de pourpre et d'or,
Ces voletantes pierreries,
Breughel les pose, en ses féeries,
Sur les arbres bleus du décor.

Ils vibrent, et leur large essor
Jette une ombre au ras des prairies,
Les grands oiseaux de pourpre et d'or,
Ces voletantes pierreries.

Le soleil perce avec effort
De ses jaunes orfèvreries
L'azur vert des branches fleuries,
Et sa lumière avive encor
Les grands oiseaux de pourpre et d'or.

Pierrot Dandy

D'UN rayon de lune fantasque
Luisent les flacons de cristal
Sur le lavabo de santal
Du pâle dandy bergamasque.

La fontaine rit dans sa vasque
Avec un son clair de métal.
D'un rayon de Lune fantasque
Luisent les flacons de cristal.

Mais le seigneur à blanche basque,
Laissant le rouge végétal
Et le fard vert oriental
Maquille étrangement son masque
D'un rayon de Lune fantasque.

Déconvenue

LES convives, fourchette au poing,
Ont vu subtiliser les litres,
Les rôtis, les tourtes, les huîtres,
Et les confitures de coing.

Des Gilles, cachés dans un coin,
Tirent des grimaces de pitres.
Les convives, fourchette au poing,
Ont vu subtiliser les litres.

Pour souligner le désappoint,
Des insectes aux bleus élytres
Viennent cogner les roses vitres,
Et leur bourdon nargue de loin
Les convives, fourchette au poing.

Lune au Lavoir

Comme une pâle lavandière,
Elle lave ses failles blanches,
Ses bras d'argent hors de leurs manches,
Au fil chantant de la rivière.

Les vents à travers la clairière
Soufflent dans leurs flûtes sans anches.
Comme une pâle lavandière
Elle lave ses failles blanches.

La céleste et douce ouvrière
Nouant sa jupe sur ses hanches,
Sous le baiser frôlant des branches,
Étend son linge de lumière,
Comme une pâle lavandière.

La Sérénade de Pierrot

D'UN grotesque archet dissonant
Agaçant sa viole plate,
A la héron, sur une patte,
Il pince un air inconvenant.

Soudain Cassandre, intervenant,
Blâme ce nocturne acrobate,
D'un grotesque archet dissonant
Agaçant sa viole plate.

Pierrot la rejette, et prenant
D'une poigne très délicate
Le vieux par sa roide cravate,
Zèbre le bedon du gênant
D'un grotesque archet dissonant.

Cuisine Lyrique

La Lune, la jaune omelette,
Battue avec de grands œufs d'or,
Au fond de l'azur noir s'endort,
Et dans les vitres se reflète.

Pierrot, dans sa blanche toilette,
Guigne, sur le toit, près du bord,
La lune, la jaune omelette,
Battue avec de grands œufs d'or.

Ridé comme une pomme blette,
Le Pierrot agite très fort
Un poêlon, et, d'un brusque effort,
Croit lancer au ciel qui paillette
La Lune, la jaune omelette.

Arlequinade

ARLEQUIN porte un arc-en-ciel
De rouges et vertes soieries,
Et semble, dans l'or des féeries,
Un serpent artificiel.

Ayant pour but essentiel
Le mensonge et les fourberies,
Arlequin porte un arc-en-ciel
De rouges et vertes soieries.

A Cassandre jaune de fiel
Il dénombre ses seigneuries
En Espagne, et ses armoiries:
Car sur fond d'azur et de miel,
Arlequin porte un arc-en-ciel.

Pierrot Polaire

Un miroitant glaçon polaire,
De froide lumière aiguisé,
Arrête Pierrot épuisé
Qui sent couler bas sa galère.

Il fixe d'un œil qui s'éclaire
Son sauveteur improvisé :
Un miroitant glaçon polaire,
De froide lumière aiguisé.

Et le mime patibulaire
Croit voir un Pierrot déguisé,
Et d'un blanc geste éternisé
Interpelle dans la nuit claire
Un miroitant glaçon polaire.

A Colombine

LES fleurs pâles du clair de Lune,
Comme des roses de clarté,
Fleurissent dans les nuits d'été:
Si je pouvais en cueillir une!

Pour soulager mon infortune,
Je cherche, le long du Léthé,
Les fleurs pâles du clair de Lune,
Comme des roses de clarté.

Et j'apaiserai ma rancune,
Si j'obtiens du ciel irrité
La chimérique volupté
D'effeuiller sur ta toison brune
Les fleurs pâles du clair de Lune!

Arlequin

BRILLANT comme un spectre solaire,
Voici le très mince Arlequin,
Qui chiffonne le casaquin
De la servante atrabilaire.

Afin d'apaiser sa colère,
Il fait miroiter un sequin.
Brillant comme un spectre solaire,
Voici le très mince Arlequin.

La vieille, empochant son salaire,
Livre Colombine au faquin,
Qui sur un grand ciel bleu turquin
Se dessine, et chante lanlaire,
Brillant comme un spectre solaire.

Les Nuages

COMME de splendides nageoires
De célestes poissons changeants,
Les nuages ont des argents,
Des ors, des nacres, des ivoires.

Ils s'irisent devant les gloires
Mourantes des soleils plongeants,
Comme de splendides nageoires
De célestes poissons changeants.

Mais la Nuit, sur ses barques noires,
Lance des pêcheurs affligeants
Qui, dans leurs filets émergeants,
Prennent les ondoyantes moires
Comme de splendides nageoires.

A mon cousin de Bergame

Nous sommes parents par la Lune,
Le Pierrot Bergamasque et moi,
Car je ressens un pâle émoi,
Quand elle allaite la nuit brune.

Au pied de la rouge tribune,
Il chargeait les gestes du roi :
Nous sommes parents par la Lune,
Le Pierrot Bergamasque et moi.

J'ai les vers luisants pour fortune;
Je vis en tirant, comme toi,
Ma langue saignante à la Loi,
Et la parole m'importune:
Nous sommes parents par la Lune!

Pierrot voleur

Les rouges rubis souverains,
Injectés de meurtre et de gloire,
Sommeillent au creux d'une armoire
Dans l'horreur des longs souterrains.

Pierrot, avec des malandrins,
Veut ravir un jour, après boire,
Les rouges rubis souverains,
Injectés de meurtre et de gloire.

Mais la peur hérisse leurs crins:
Parmi le velours et la moire,
Comme des yeux dans l'ombre noire,
S'enflamment du fond des écrins
Les rouges rubis souverains!

Spleen

PIERROT de Bergame s'ennuie :
Il renonce aux charmes du vol;
Son étrange gaîté de fol
Comme un oiseau blanc s'est enfuie.

Le spleen, à l'horizon de suie,
Fermente ainsi qu'un noir alcool.
Pierrot de Bergame s'ennuie :
Il renonce aux charmes du vol.

La Lune sympathique essuie
Ses larmes de lumière au vol
Des nuages, et sur le sol
Claque la chanson de la pluie :
Pierrot de Bergame s'ennuie.

Ivresse de Lune

Le vin que l'on boit par les yeux
A flots verts de la Lune coule,
Et submerge comme une houle
Les horizons silencieux.

De doux conseils pernicieux
Dans le philtre nagent en foule :
Le vin que l'on boit par les yeux
A flots verts de la Lune coule.

Le Poète religieux
De l'étrange absinthe se soûle,
Aspirant, — jusqu'à ce qu'il roule,
Le geste fou, la tête aux cieux, —
Le vin que l'on boit par les yeux!

La Chanson de la Potence

LA maigre amoureuse au long cou
Sera la dernière maîtresse,
De ce traîne-jambe en détresse,
De ce songe-d'or sans le sou.

Cette pensée est comme un clou
Qu'en sa tête enfonce l'ivresse :
La maigre amoureuse au long cou
Sera sa dernière maîtresse.

Elle est svelte comme un bambou ;
Sur sa gorge danse une tresse,
Et, d'une étranglante caresse,
Le fera jouir comme un fou,
La maigre amoureuse au long cou !

Suicide

En sa robe de Lune blanche,
Pierrot rit son rire sanglant.
Son geste ivre devient troublant :
Il cuve le vin du dimanche.

Sur le sol traînaille sa manche ;
Il plante un clou dans le mur blanc :
En sa robe de Lune blanche,
Pierrot rit son rire sanglant.

Il frétille comme une tanche,
Se passe au col un nœud coulant,
Repousse l'escabeau branlant,
Tire la langue, et se déhanche,
En sa robe de Lune blanche.

Papillons noirs

De sinistres papillons noirs
Du soleil ont éteint la gloire,
Et l'horizon semble un grimoire
Barbouillé d'encre tous les soirs.

Il sort d'occultes encensoirs
Un parfum troublant la mémoire:
De sinistres papillons noirs
Du soleil ont éteint la gloire.

Des monstres aux gluants suçoirs
Recherchent du sang pour le boire,
Et du ciel, en poussière noire,
Descendent sur nos désespoirs
De sinistres papillons noirs.

Coucher de Soleil

Le Soleil s'est ouvert les veines
Sur un lit de nuages roux :
Son sang, par la bouche des trous,
S'éjacule en rouges fontaines.

Les rameaux convulsifs des chênes
Flagellent les horizons fous :
Le Soleil s'est ouvert les veines
Sur un lit de nuages roux.

Comme, après les hontes romaines,
Un débauché plein de dégoûts
Laissant jusqu'aux sales égouts
Saigner ses artères malsaines,
Le Soleil s'est ouvert les veines!

Lune malade

O Lune, nocturne phtisique,
Sur le noir oreiller des cieux,
Ton immense regard fiévreux
M'attire comme une musique!

Tu meurs d'un amour chimérique,
Et d'un désir silencieux,
O Lune, nocturne phtisique,
Sur le noir oreiller des cieux!

Mais dans sa volupté physique
L'amant qui passe insoucieux
Prend pour des rayons gracieux
Ton sang blanc et mélancolique,
O Lune, nocturne phtisique!

Absinthe

Dans une immense mer d'absinthe,
Je découvre des pays soûls,
Aux ciels capricieux et fous
Comme un désir de femme enceinte.

La capiteuse vague tinte
Des rythmes verdâtres et doux :
Dans une immense mer d'absinthe,
Je découvre des pays soûls.

Mais soudain ma barque est étreinte
Par des poulpes visqueux et mous :
Au milieu d'un gluant remous
Je disparais, sans une plainte,
Dans une immense mer d'absinthe.

Mendiante de Têtes

Un panier rouge empli de son
Balance dans ta main crispée,
Folle Guillotine échappée,
Qui rôdes devant la prison !

Ta voix qui mendie a le son
Du billot qu'entaille l'épée :
Un panier rouge empli de son
Balance dans ta main crispée !

Bourrèle ! qui veux pour rançon
Le sang, le meurtre, l'épopée,
Tu tends à la tête coupée
Crachant sa dernière chanson,
Un panier rouge empli de son !

Décollation

La Lune, comme un sabre blanc
Sur un sombre coussin de moire,
Se courbe en la nocturne gloire
D'un ciel fantastique et dolent.

Un long Pierrot déambulant
Fixe avec des gestes de foire
La Lune, comme un sabre blanc
Sur un sombre coussin de moire.

Il flageole, et, s'agenouillant,
Rêve dans l'immensité noire
Que pour la mort expiatoire
Sur son cou s'abat en sifflant
La Lune, comme un sabre blanc.

Rouge et Blanc

Une cruelle et rouge langue,
Aux chairs salivantes de sang,
Comme un éclair érubescent
Sillonne son visage exsangue.

Sa face pâle est une gangue
D'où sort ce rubis repoussant :
Une cruelle et rouge langue,
Aux chairs salivantes de sang.

Son corps vertigineux qui tangue
Est comme un blanc vaisseau hissant
A son grand mât éblouissant
Son pavillon couleur de mangue :
Une cruelle et rouge langue !

Valse de Chopin

COMME un crachat sanguinolent,
De la bouche d'une phtisique,
Il tombe de cette musique
Un charme morbide et dolent.

Un son rouge — du rêve blanc
Avive la pâle tunique,
Comme un crachat sanguinolent
De la bouche d'une phtisique.

Le thème doux et violent
De la valse mélancolique
Me laisse une saveur physique,
Un fade arrière-goût troublant,
Comme un crachat sanguinolent.

L'Église

DANS l'Église odorante et sombre
— Comme un rayon de Lune entré
Par le vitrail décoloré, —
Pierrot éclaire la pénombre.

Il marche vers le chœur qui sombre,
Avec un regard d'inspiré,
Dans l'Église odorante et sombre
Comme un rayon de Lune entré.

Et soudain les cierges sans nombre,
Déchirant le soir expiré,
Saignent sur l'autel illustré,
Comme les blessures de l'Ombre,
Dans l'Église odorante et sombre.

Évocation

O Madone des Hystéries !
Monte sur l'autel de mes vers,
La fureur du glaive à travers
Tes maigres mamelles taries.

Tes blessures endolories
Semblent de rouges yeux ouverts :
O Madone des Hystéries !
Monte sur l'autel de mes vers.

De tes longues mains appauvries,
Tends à l'incrédule univers
Ton Fils aux membres déjà verts,
Aux chairs tombantes et pourries,
O Madone des Hystéries !

Messe rouge

Pour la cruelle Eucharistie,
Sous l'éclair des ors aveuglants
Et des cierges aux feux troublants,
Pierrot sort de la sacristie.

Sa main, de la Grâce investie,
Déchire ses ornements blancs,
Pour la cruelle Eucharistie,
Sous l'éclair des ors aveuglants,

Et d'un grand geste d'amnistie
Il montre aux fidèles tremblants
Son cœur entre ses doigts sanglants,
— Comme une horrible et rouge hostie
Pour la cruelle Eucharistie.

Les Croix

Les beaux vers sont de larges croix
Où saignent les rouges Poètes,
Aveuglés par les gypaètes
Qui volent comme des effrois.

Aux glaives les cadavres froids
Ont offert d'écarlates fêtes :
Les beaux vers sont de larges croix
Où saignent les rouges Poètes.

Ils ont trépassé, cheveux droits,
Loin de la foule aux clameurs bêtes,
Les soleils couchants sur leurs têtes
Comme des couronnes de rois !
Les beaux vers sont de larges croix !

Supplique

O Pierrot ! Le ressort du rire,
Entre mes dents je l'ai cassé :
Le clair décor s'est effacé
Dans un mirage à la Shakspeare.

Au mât de mon triste navire
Un pavillon noir est hissé :
O Pierrot ! Le ressort du rire,
Entre mes dents je l'ai cassé.

Quand me rendras-tu, porte-lyre,
Guérisseur de l'esprit blessé,
Neige adorable du passé,
Face de Lune, blanc messire,
O Pierrot! le ressort du rire?

Violon de Lune

L'ÂME du violon tremblant,
Plein de silence et d'harmonie,
Rêve dans sa boîte vernie
Un rêve languide et troublant.

Qui donc fera d'un bras dolent
Vibrer dans la nuit infinie
L'âme du violon tremblant,
Plein de silence et d'harmonie?

La Lune, d'un rais mince et lent,
Avec des douceurs d'agonie,
Caresse de son ironie,
Comme un lumineux archet blanc,
L'âme du violon tremblant.

Les Cigognes

Les cigognes mélancoliques,
Blanchâtres sur l'horizon noir,
Pour scander les rythmes du soir,
Font claquer leurs becs faméliques.

Elles ont vu les feux obliques
D'un grand soleil de désespoir,
Les cigognes mélancoliques,
Blanchâtres sur l'horizon noir.

Une mare aux yeux métalliques
Renverse, en son vague miroir,
— Où du jour qui vient de déchoir
Luisent les ultimes reliques, —
Les cigognes mélancoliques.

Nostalgie

COMME un doux soupir de cristal,
L'âme des vieilles comédies
Se plaint des allures raidies
Du lent Pierrot sentimental.

Dans son triste désert mental
Résonne en notes assourdies,
Comme un doux soupir de cristal,
L'âme des vieilles comédies.

Il désapprend son air fatal :
A travers les blancs incendies
Des lunes dans l'onde agrandies,
Son regret vole au ciel natal,
Comme un doux soupir de cristal.

Parfums de Bergame

O vieux parfum vaporisé
Dont mes narines sont grisées!
Les douces et folles risées
Tournent dans l'air subtilisé.

Désir enfin réalisé
Des choses longtemps méprisées:
O vieux parfum vaporisé
Dont mes narines sont grisées!

Le charme du spleen est brisé :
Par mes fenêtres irisées
Je revois les bleus Elysées
Où Watteau s'est éternisé.
— O vieux parfum vaporisé !

Départ de Pierrot

Un rayon de Lune est la rame,
Un blanc nénuphar, la chaloupe;
Il regagne, la brise en poupe,
Sur un fleuve pâle, Bergame.

Le flot chante une humide gamme
Sous la nacelle qui le coupe.
Un rayon de Lune est la rame,
Un blanc nénuphar, la chaloupe.

Le neigeux roi du mimodrame
Redresse fièrement sa houppe :
Comme du punch dans une coupe,
Le vague horizon vert s'enflamme.
— Un rayon de Lune est la rame.

Pantomime

Absurde et doux comme un mensonge
Le bleu décor italien
Aux mimes du drame ancien
S'ouvre avec le vague d'un songe.

Dans les lointains vaporeux plonge,
Coiffé de tulle aérien,
Absurde et doux comme un mensonge,
Le bleu décor aérien.

Pierrot assomme à coups de longe
Cassandre académicien,
Et le rouge magicien
Sur le fond du tableau s'allonge,
Absurde et doux comme un mensonge.

Brosseur de Lune

UN très pâle rayon de Lune
Sur le dos de son habit noir,
Pierrot-Willette sort le soir
Pour aller en bonne fortune.

Mais sa toilette l'inportune:
Il s'inspecte, et finit par voir
Un très pâle rayon de Lune
Sur le dos de son habit noir.

Il s'imagine que c'est une
Tache de plâtre, et sans espoir,
Jusqu'au matin, sur le trottoir,
Frotte, le cœur gros de rancune,
Un très pâle rayon de Lune!

L'Alphabet

Un alphabet bariolé,
Dont chaque lettre était un masque,
Fut l'abécédaire fantasque
Qu'en mon enfance j'épelai.

Très longtemps je me rappelai,
Mieux que mes sabres et mon casque,
Un alphabet bariolé
Dont chaque lettre était un masque.

Aujourd'hui, mon cœur enjôlé,
Vibrant comme un tambour de basque,
Rêve un Arlequin bergamasque,
Traçant d'un corps arc-en-ciellé
Un alphabet bariolé.

Blancheurs sacrées

BLANCHEURS de la Neige et des Cygnes,
Blancheurs de la Lune et du Lys,
Vous étiez, aux temps abolis,
De Pierrot les pâles insignes!

Il vous dédiait de beaux signes
Dans la féerie ensevelis,
Blancheurs de la Neige et des Cygnes,
Blancheurs de la Lune et du Lys!

Le mépris des choses indignes,
Le dégoût des cœurs amollis
Sont les préceptes que je lis
Dans le triomphe de vos lignes,
Blancheurs de la Neige et des Cygnes!

Poussière rose

UNE fine poussière rose
Danse à l'horizon du matin.
Un très doux orchestre lointain
Susurre un air de Cimarose.

Phœbé, comme une blanche rose,
Se meurt dans le ciel incertain.
Une fine poussière rose
Danse à l'horizon du matin.

Devant un Cassandre morose,
Fuit un falbala de satin
Qui traverse — en frôlant le thym
Qu'une fraîche rosée arrose —
Une fine poussière rose.

Parodie

Des aiguilles à tricoter
Dans sa vieille perruque grise,
La duègne, en casaquin cerise,
Ne se lasse de marmotter.

Sous la treille elle vient guetter
Pierrot dont sa chair est éprise,
Des aiguilles à tricoter
Dans sa vieille perruque grise.

Soudain elle entend éclater
Les sifflets pointus de la brise :
La Lune rit de la méprise,
Et ses rais semblent imiter
Des aiguilles à tricoter.

Lune moqueuse

La Lune dessine une corne
Dans la transparence du bleu.
A Cassandre on a fait ce jeu
De lui dérober son tricorne.

Le vieillard se promène morne,
Ramenant son dernier cheveu ;
La Lune dessine une corne
Dans la transparence du bleu.

Une fantastique licorne,
Dont les naseaux lancent du feu,
Soudain mouille de son émeu
Cassandre assis sur une borne.
La Lune dessine une corne.

La Lanterne

La claire et joyeuse lanterne,
Où vibre une langue de feu,
Pierrot la porte au bout d'un pieu
Pour ne pas choir dans la citerne.

A tout coin de rue il lanterne
Et sur le sol dépose un peu
La claire et joyeuse lanterne
Où vibre une langue de feu.

Il ne la voit plus, — se prosterne,
Allume le petit point bleu
De son allumette, et, par jeu,
Cherche d'un geste qui consterne
La claire et joyeuse lanterne.

Pierrot cruel

DANS le chef poli de Cassandre,
Dont les cris percent le tympan,
Pierrot enfonce le trépan,
D'un air hypocritement tendre.

Le Maryland qu'il vient de prendre,
Sa main sournoise le répand
Dans le chef poli de Cassandre
Dont les cris percent le tympan.

12

Il fixe un bout de palissandre
Au crâne, et le blanc sacripant,
A très rouges lèvres pompant,
Fume — en chassant du doigt la cendre —
Dans le chef poli de Cassandre!

Décor

Le Soleil, comme un grand œuf rose,
Enlumine l'horizon gris,
Et des troncs d'arbres rabougris
Raturent le couchant morose.

Dans la lente métamorphose
Des longs paysages aigris,
Le Soleil, comme un grand œuf rose,
Enlumine l'horizon gris.

Une triste lumière arrose
Brusquement les cieux assombris :
Des oiseaux noirs, à larges cris,
Brisent du bec, dans la nuit close,
Le Soleil, comme un grand œuf rose.

Le Miroir

D'UN croissant de Lune hilarante
S'échancre le ciel bleu du soir,
Et par le balcon du boudoir
Pénètre la lumière errante.

En face, dans la paix vibrante
Du limpide et profond miroir,
D'un croissant de Lune hilarante
S'échancre le ciel bleu du soir.

Pierrot, de façon conquérante
Se mire — et soudain dans le noir
Rit en silence de se voir
Coiffé par sa blanche parente
D'un croissant de Lune hilarante !

Souper sur l'Eau

En d'alanguissantes yoles
Au pavillon de bleu turquin,
Pierrot, Colombine, Arlequin
Font saigner les rouges fioles.

Les femmes ont de lucioles
Diamanté leur casaquin,
En d'alanguissantes yoles
Au pavillon de bleu turquin.

Enrichissant ces fanfioles
La Lune luit comme un sequin,
Et sous un rose baldaquin
Madrigalisent les violes,
En d'alanguissantes yoles.

L'Escalier

SUR le marbre de l'escalier,
Un léger froufrou de lumière
Turbule en bleuâtre poussière,
Au tournant de chaque palier.

La Lune, d'un pas familier,
Fait, dans sa ronde coutumière,
Sur le marbre de l'escalier,
Un léger froufrou de lumière.

Et Pierrot, pour s'humilier
Devant sa pâle Emperière,
Prosterne la blanche prière
De son grand corps en espalier
Sur le marbre de l'escalier.

———

Cristal de Bohême

Un rayon de Lune enfermé
Dans un beau flacon de Bohême,
Tel est le féerique poème
Que dans ces rondels j'ai rimé.

Je suis en Pierrot costumé,
Pour offrir à celle que j'aime
Un rayon de Lune enfermé
Dans un beau flacon de Bohême.

Par ce symbole est exprimé,
O ma très chère, tout moi-même :
Comme Pierrot, dans son chef blême,
Je sens, sous mon masque grimé,
Un rayon de Lune enfermé.

TABLE

TABLE

PIERROT LUNAIRE

Pages.

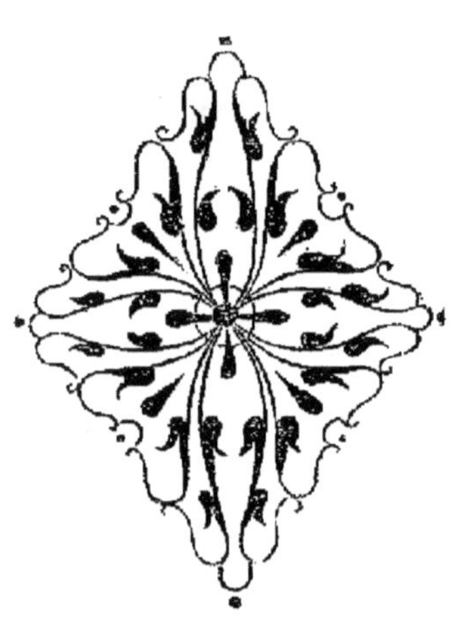

Achevé d'imprimer

Le trente juin mil huit cent quatre-vingt-quatre

PAR CH. UNSINGER

POUR

ALPHONSE LEMERRE, ÉDITEUR

A PARIS

POÈTES CONTEMPORAINS

FORMAT PETIT IN-12 COURONNE

Paris. — Typ Ch. UNSINGER, 83, rue du Bac.

www.ingramcontent.com/pod-product-compliance
Lightning Source LLC
LaVergne TN
LVHW021718230826
846091LV00003BA/811

9782329770895